RAJ

1. Die Verschwundenen der Goldenen Stadt

Zeichnungen: Conrad
Szenario: Wilbur und Conrad
Farben: Julien Loïs

CARLSEN COMICS

Wir danken der British Library für den unbeschränkten Zugang zu den Sammlungen des Oriental and Indian Office.

Die Autoren

CARLSEN COMICS NEWS
Jeden Monat neu per E-Mail
www.carlsencomics.de
www.carlsen.de

CARLSEN COMICS
1 2 3 4 13 12 11 10
© Carlsen Verlag GmbH · Hamburg 2010
Aus dem Französischen von Marcel Le Comte
RAJ – Les Disparus de la Ville dorée
Copyright © 2007 Conrad – Wilbur – Dargaud Bénélux
www.dargaud.com
Redaktion: Ralf Keiser
Lettering: Christoph Feist
Herstellung: Gunta Lauck und Denise Sterr
Druck und buchbinderische Verarbeitung:
Schipplick + Winkler Printmedien, Lübeck
Alle deutschen Rechte vorbehalten
ISBN 978-3-551-78201-4
Printed in Germany

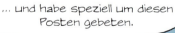

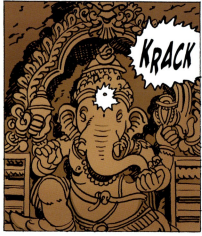

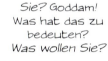

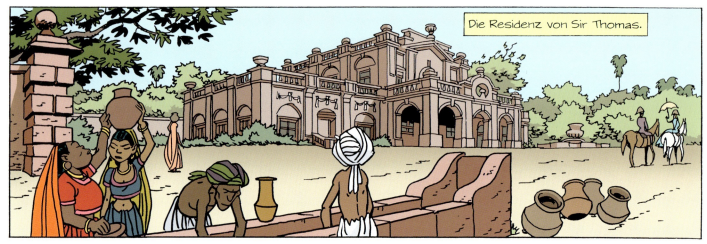